ふたりの歌人の魂に

もくじ

装幀　倉本修装幀事務所
装画　齋藤芽生
《徒花図鑑》母不要　2008年　44.0 × 33.0cm　アクリルガッシュ、紙

# I

## 砂

あたまのなかにながいしづかな廊下があるコンコースゆくはるの深更

もう一度すわらされると知つてゐたあの長い日の布張りの椅子

連翹は黄をあふれしむ歳月がまぶたをとぢたあとのひだまり

アンネリース・マリー・フランクの自慰などをおもへり窓をうつ春疾風

砂あびる雀みてをり砂あびるといふたのしみをつひぞ知らずに

くらい水面のやうなセダンの窓硝子おれのあたまをつぶさに映す

駐輪場のラックつめたし　捕らへられて引きまはされる狙撃手の肩

他者だけが記憶するべき惟ひあり古書肆に入ればじかんはにほふ

白票を投じるほかにない午後とその選択をなしえぬあさと

ねむたさうにひとはみてゐるあかるくてなにもみえない四月の窓を

賢明な距離をたもつててらしあふ花水木、夜の肩にふれたし

つきのひかりのやうにつめたいあかるさが胸もとにある駅までの坂

# 目蓋

薄き硝子いちまいへだてふれるのはわたしの指だぬれた黄の葉に

洋種山牛蒡の紅きひとむらがきのふとおなじ場処に枯れをり

千葉県よりすこし人口の多い国を九千六百回空爆した

さしあたり記憶するよりほかになく逆光の壜にしづむオリーヴ

無人機のにぶき亀頭はじふぐわつの気圏を擦る（やめないで、まだ）

にんげんのをとこを映す画面薄し何百万回目の血まみれの貌

潰される間隙、蛹の腹うごくムアンマル・アル＝カッザーフィーの唇《くち》

鳥たちにはまだ欲しいものがあるらしく午《ひる》の疎林の空によびあふ

池の面をうごくふゆの陽まぶたなき眼の傲慢はせかいをおほふ

よひやみを走るひとあり対岸に紅き観覧車の弧の一部見ゆ

睡つてゐるあひだにぜんぶをはるから（目をとぢて）空にいろづく榠樝

匂ひだけ憶えてるひと水色のペンキの下に木目はしづむ

小さき虹つかのまうかぶふゆの水あびせ重機の泥おとすとき

## 井戸

ゆめは目にみるものならず糠雨にぬれをり大き象の頭部が

抱かれて眠る子供の黒髪に母の栗色の髪はふれをり

ひだまりを汲む井戸がある匿つてくれたあなたのちひさな庭に

川音のまじはるところ鳥たちは風のおもみに胸をあづける

ひかり奪ひあつたかたちにふゆの木は裸身をさらす　さうしてひとも

石鹼はつめたい水のひびきして社の段はつくろはれをり

はじめから記憶のやうに降る雨のなかあらはれる桃色の傘

描き直すたび／似てないといふうわさ／蔓薔薇のはなびらがくろずむ

ローソンの扉に鍵の穴ふたつあり御火焼のおきなの眼

鏡文字ならぶ窓辺にたたずめば広場の欅芽吹きつつあり

# 軟水

何処かとほく、は僕らになくて降りるとき土のにほひをくちびるはいふ

カーテンに陽射しはゆれてすこし汗ばんだあなたのねむいよこがほ
水玉のブラウスが背にかけてある古い木の椅子がぼんやりみえる

否定から入つてゆくとき　乳白の花弁はゆれる虻のおもみで

とほい童話のやうにあなたは YouTube で死んだ白鳥の動画視てゐる

てのひらにつかのまのせる欠けた貝殻にきれいな模様みつけて

午後からは雨、まなざしは話しかけないでと告げるじつにしづかに

苛立ちの喉をうるほす軟水のラベルにしろい嶺描いてある

まだなにかをわすれたいのかゆりの木はからだをひらく五月の雨に

# 花槐

紙の皺、布の皺よりのばしがたく降りだしさうな空に枇杷の実

コンビニには冷えた真水の林あり踏み迷へたらたのしいだらう

花槐ほろほろとふる待つのではなくやり過ごすときのながさを

虹彩にやどる表情、榛色《ヘーゼル》のカラーコンタクト越しの驟雨に
背をそらし小さな堰をこえる水が見える少女の肩の向かうに

花束は荷造り紐にくくられて六月の陽にからびつつある

水風船はじけるまでは（弾けると、水風船は）思つてなかつた

監視カメラのあかぐろい眼球に十一階の欅はそよぐ

淋巴液のやうに電流のめぐりゐる大阪駅はむだにおほきい

ゆつくりと死ぬ植物の細胞のハイドランジアのおもさうな首
隠れ家と潜伏先のちがひなどおもふ葉をうつ雨聴きながら

予報円があなたの街へ移るころまたつよくなる窓の風雨は

## モネ

水族館までの日盛りひだりてに梔子の残り香が黄ばめる

静電気のやうな羽音をけぶらせてはなむぐり花の悦びを知らず

これが俺の色だとおもひしばしのちほんたうにさうかと思ふ　濁流

モネといふ名の向日葵のあることを聞きをり汗の肌をかさねて

壁は俺自身であれば夏蔦のやはらかに這ふあさの白壁

黄の日傘させばときのまはなやぐとひとはいううつの水辺をあゆむ

森までの距離を雨音の垂線がうめてゆく窓、指がつめたい

真珠色の月を視たことあやまつてあなたを殺す夢のをはりに

## 白菜

みどりごのやうにかかへて白菜を冷蔵室にあなたはしまふ

紙ノ城燃ヤス約束ハタシテモハタセナクテモ三月ハクル

灯りを消すと部屋がひとまはり広くなるあなたの鼻はひどくしろくて

しのこしたことをかぞへる切り花がつぼみをひらくやうにやさしく

ねむいひとを駅までおくる借りた傘失くしたやうなうしろめたさに

ふたつならんで置き去りのスター・バックスのカップの蓋はひとつがなくて

次の電車くるまではおもふ空爆の街にはじまる結婚式を

# II

主よ、

なつかしい闇が菜の花の黄を抱いてゐるちらかつた椅子のむかうに

ひいてゆく水のはじめのためらひのくろきひかりのなかに喚《よ》びあふ

主よ、ひとの欲望の塵ふる春のひえたお皿をあなたははこぶ

心変はりをたしかめるために逢ふやうな日日あり空は耳鳴り
葉桜のかげに無数のnormalcy《正常化の》 bias《バイアス》はゆれやまず。仰げば

電子レンジしづかに回り〈犬のやうに痩せた〉とこゑは牛を憐れむ

ほしいまま五月の草は窓埋め憶えててぼくが欲望《のぞ》んだことを

いらだちは、なれど怒りに育たざりだれかが踏んだ実桜のいろ

HIROSHIMAもFUKUSHIMAも島《アイル》ではない。手すりを青い蜥蜴がすべる

もう雨に濡れることなき青梅は照らされてをり夜の西友に

## 連翹

聞こえないだけだ、けれどもその声のぬしは連翹の岸辺にはゐない

捨て損ねた本をたばねておく部屋のあかるさに砂ふりくる午後は

液晶に雲をよびだすグレイアウトした日本のはるのあまぐも

かるい咳ひとつ聞こえるハイボールの缶えらぶとき棚の奥から

ふりだした春の雨の香、韓国の化粧品《コスメ》のならぶローソンを出て

やはらかに夜をへだてる雨の肌でもここからもミモザはみえる

芽吹くとき木木の放心　水源地買ひあさられる列島の背に

盛り土をおほふシートをうつ風の音すこしだけおくれて聞こゆ

街灯につばさ透けつつふたひらの家蝙蝠か空ひくくとぶ

水門にみづはたゆたふ春の雨だつたことなどいまはわすれて

月の裏のクレーターにもことごとく名はあり夜をゆく水昏し

万能

うつむいてメール打つゆび液晶を素早くうごきとまる時折

咲きのこる野菊ひとむらこころからのぞまなかつたむくいのやうに

思春期にあれがあつたらつらかつたらう百合鷗つばさあかるい

晴れてゐてお日さまはでてないといいあしたあなたと湖《うみ》を見にゆく

スクーター停まるつかのま逆光の片足があさの地上に降りる

遊園地跡。 完成当時は世界最大の観覧車だった

大き弧にならぶゴンドラひとつひとつに冬空は閉ぢこめられて

舗装のない坂あがるとき左右からさむい林が車窓にせまる

手をふれてさびしいふたり何にでもなれる万能細胞のやうで

死んだ飼ひ鳥の話を聞きながらあなたの声が好きだとおもふ

木の椅子に陽がさしてゐてあかるさの彼方《あなた》に冬の湖《うみ》よこたはる

## 木靴

溶接の火の粉こぼれるくらがりはつかのま見える雨をゆくとき

しなければそれですんだ、といふやうにふゆぞらを縫ふ百舌たちの声は

空き袋や空き箱ばかりある部屋であなたの耳を噛めば声する

からだよりゆめはさびしい革靴と木靴よりそふやうにねむれば

をりかへす椋鳥のむれ薄ら陽の給水塔の影をかすめて

春寒の幹に無数の襞はうかびすべてに意味があるといふ嘘

思ひ出すことは思ひ出せないことたちにかこまれ疎林はけぶる

ふたり立ち止まらず過ぎる街川はあさのさびしい刀であれば

美しいS字に見えた農道はなにごともなし白い犬来る

柊にきかれたことは柊にこたへるべきか日の高いうちに

断面に種子はならんでくわりん酒の榠樝にとほきふゆの青空

さしかはす枝のむかうに青痣のやうな闇ありゆるやかな坂

## 定義

整然と銅の原子はひえてをり像の少女のやはらかな胸

鳥インフルエンザ、二十四農場で百八十五万羽の鶏が殺処分される

はりついた雨の鳥羽根こみどりの炭酸ガスのボンベの肩に

四十四文字で〈苦痛〉の定義あり「動物の殺処分方法に関する指針」

「社会的に容認されている通常の方法によること。」

〈通常〉についての定義はむろんない指でなぞればすべる〈通常〉

種子のくるしみはめざめるジュラルミンのつばさを濡らす二月の雨に

抽斗にふゆの絵はがき四半世紀かけて四半世紀後の世界にとどく

舌と舌ふれあつたあとジェノベーゼのパスタのみどりひとはたのしむ

もう言ひ訳をすることもなくざつくりと胸元のあいたセーターの白

消した火をふたたびともす（同じ火ぢやないけれど）春の闇はやはらか

灯つてゐるのはうちがはを照らすためとほく高楼が窓をながれる

## 再生

閉店後のガラスのモール煌煌と照らされてかへる場処なきひかり

ペーパーカップ、風にころがる止め処もなく〈再生〉される秋のをはりに

play とは replay のことキャラメルを焦がしたやうに髪のかをりは

ペットボトル、火のなかに立つ輪郭のただれつつ　あたらしき生贄

死を共有するといふことポリエステルと紡がれる羊毛《ウール》のやうに

三月の雨はおとなふ木の肌がなにもおしへてくれない朝も

かなしみつてたぶんはじめから汚れてる。　コピー用紙のつかのまの熱

手鏡に陽差しはあそぶ窓際の少女しづかに目をかざるとき

# 玄奘

叺子《かますご》の仄かなるいのち食みゐつつ昼のspirit《せうちう》 of《の》 spirits《いうれい》 俺は

根の形、まざまざと見ゆ流木の根にも年輪のやうなものあり

三月の水はへだてる生きてゐる鷺とみてゐるわたしのかげを

対角線に広場よこぎつてゆくときにふりはじむあさの予報よりはやく

花冷えをいふメールくるむしろ目をあはさずにゐた会果てて夜に

電柱をいましむる鉄の輪をみればはるけし夏目雅子の玄奘

なんとなく空気でわかる遠くからでも木蓮とわかるみたいに

てらてらとフランクフルトソーセージ鉄板のうへに切れ目はわらふ

花の枝かかげる幹はくらくたつ不死をゆめみるヒトに視られて

いつ降つた雨のなごりかぬかるんでゐるひとところまたぐ裏町

天津飯れんげですくふ船にのりおくれたやうなはるの夜更けを

## 数

匂ひの記憶、　ではなく記憶そのものの匂ひとおもふ四月の雨は

声には、感情がありかんじやうのなかにあなたの隠れ家がある

描かれて四角い空に雲うかぶ少女の絵のなかの赤い家

群衆つて嫌《や》だけど群れることない数といふのもなんか不気味だ

鯨油をすひ火をかかげゐし灯心の憎しみといふしづかなちから

伝へたいことがあるから待つてゐてほしい埃のつむ隠れ家で

壁にもたれねむつてたひとおどろいておとなの顔にもどるさびしさ

この径ではない、とおもへど沈丁花にほへば傘をさしかけてゆく

たしなめてやさしく消えてゆくやうな雨のしみあり春の夜の壁に

## 直訳

後日譚、そのあかるさの陽に透けて未央柳の雄しべはひらく

少女たちの描くクローバーは酢漿草《かたばみ》でその花言葉〈かがやく心〉

音楽のただよふ岸は頭《づ》のなかにあり自転車の銀の輻《や》過ぎる

洗脳は brainwashing の直訳で brainwashing は洗脳の直訳といふ

虻の声またちかづいてくる昼をあなたはねむる夏の木のやうに

ハンカチから鳩など出したことはなくだすこともなし風のみづうみ

桜には伐られた記憶なきものかじつとりと蟬時雨にぬれて

短夜の茶房ひえをりトリチェリがはじめてつくりだした真空

斧

おぼえてるよりたくさんの昼顔が咲いてゐて雨の人工島に

監視カメラの画像にゆれるあぢさゐの夜はつめたい言葉がほしい

死後の時間のながさもひとりづつちがふ（さうなのか）舌で無花果を割く

耐震基準満たせず閉鎖されてゐる公民館にふる蟬時雨

まなざしはこころをためす。銀の斧だつたかと訊く水辺のやうに

枝分かれする樹の意志のふとき膚みづみづと苔のたぐひはおほふ

蟬の穴　ふろんとがらすの弾の痕　あしたはだれの誕生日だつけ

## 柑橘

朝は雨、ゆめの仔細はぢき失せて不安な林檎ひとつがのこる

プラネタリウムの銀の半球がぬれてをり雨の欅のさわぐむかうで

漂着の種子のことなどいひながら柑橘をむくひさしぶりなのに

傘、手紙、思ひ出はみな行儀よくたたまれて日盛りの合歓の木

ときとして細胞壁におほはれた休眠胞子、午後のおもひは

永久歯はむろん永久の歯にあらず医院の角にゆれる底紅

身にあはせて殻をそだててゆくことをおもふ酒蒸しでひや呷りつつ

かへり道をみじかい旅とおもつてみるみづあかりする夜の濠端

非常階段よかぜにひえてどこで鳴くのか秋虫のほそきこゑする

# III

## 刺蛾

紫陽花をつめたくゆらすドローンを墜落させた少年の指

寝苦しき夜の雨音みつまめを食べるやくそくは誰としたつけ

戦場の夢を子は見ず刺虫は刺蛾の夢をみるのかどうか

ひとりづつ殺せばむしろ（じつかんとして）残忍にみえるのは何故

無人機の射手《いて》は画面のまへにゐてナイフで首を刎ねたりはしない

色の差異がひかりを生みだすせかいあり額の向かうに　舟をうかべて

デッキから見える青富士、全方位的といへどもあくまでも「的」

逃げる場処がまだあるやうなあかるさの雨に芭蕉の葉はぬれてをり

大き蟻すばやく降りて小さき蟻ゆつくりのぼるガジュマルの根を

流木がかつてつくつてゐた木陰まで歩かねば　声がきこえる

## 累卵

ささがにの紅く小さきものうごく窓辺の卓の資料の文字に

紅い蜘蛛ではなくカベアナタカラダニ花粉を食べる壁蝨だといふが

少年の彼の日のぞいた壁の穴どんな未来が見えたのだつたか

湿球をぬらすガーゼは水入れにたれ壁際にひかりはよどむ

百合の木の幹は黙せり風のなかに相互監視の薄目はひらき

累卵の、なれど崩れぬたまごあまた積みあげられる　さういふ危機だ

おろそかにしてたとおもふ雨がふればヴィニール傘をむだにふやして

告発を決めたひとりの身のうちにそよぐ青葉はおもたいだらう

数の論理それだけでない危ふさに百日紅咲きはじめたばかり

夢のなかまで覗かれてゐるやうで、でも雨の薔薇手折るしかない

脚ほそき木椅子はきしむ内心といふゆふぐれの部屋におかれて

蕊のさきによじのぼりゐる紅い壁蝨の画像の周囲すこしくゆがむ

## 黙読

硝子越しの灯り背にして立つ少女耳から細いコード垂らして

水銀体温計あまた夢に折る音がよあけの雨になるまで

あまつぶは窓のほこりに筋をなし泣くときにあまくかをる前髪

居場所のないまぼろしが椅子取りゲームしてゐるやうな旧い図書室

枯蔓にのこる葉みどり黙読のさびしさはもうどこにもなくて

ゲル・インクのやうに充ちをり予報円かさなる午後の採血に血は

無花果のタルトにならぶ断面は　もう戦争に行くことはない

風、葛の葉裏にふれる白日をうたぐりぶかきくちびるのこと

きつと誰かほどいてくれる使はずになくした傘の透明な襞

# 路地と蒟蒻

マラソンリーディング２０１５より

狗子草《えのころぐさ》の穂が街の灯に透けてゐるレコード屋のあつた角をまがると

煮炊きするものの匂ひの裏路地はどこかで秋の虫が鳴いてる

縄のれんがしづかに垂れる臍の緒のやうな宵闇の路地のゆくてに

おでん屋の深鍋のうへにゆらいでる昭和から地つづきの時間が

カウンターのなかには母と祖母がゐるわたしがあつたことのない祖母

若いころの母に似てゐるおもざしの左の頬に泣き黒子がある

祖母の盛りつけるおでんに葱をのせ練り辛子そへてくれたり母は

ちろりからコップに酒をつぐ祖母がさんにんのなかでいちばん若い

しゅんだのとあさいのどちらにすると訊く祖母にしゅんだのと答ふ小声で

皿のふちに母が辛子をそへてくれるしゆんだ大根しゆんだ蒟蒻

しゆんだのといふのは味がしみてゐること　或いは関西弁かも知れず

「黒ずんだ乳首に興奮したことがある」的よろこびの、しゅんだ蒟蒻

一晩でほろびしものと半世紀あまりをかけてほろびたるもの

沈黙を炊きつづけたる歳月の深鍋に祖母が出汁をつぎたす

大震災の十一年後に母を産みし祖母の割烹着がこんなに白い

大空襲の十一年前に母を産みし祖母の割烹着がこんなに白い

大空襲で家をうしなひ生きのびて半年とすこしのちに逝きたる

回想する祖母のみらいに立つ塔の影がこの街をゆつくり撫でる

金木犀香りはじめの風のなか自転車が自転車を追ひこしてゆく

いつかきつと戦争にゆくこどもたちの笛の音が午後の校舎をもれる

見終はつたゆめがねむつてゐるやうな書棚に秋の日がくれてゆく

白票を投じつづけた歳月が呼び出したのかさびしい祖母を

もうひとつつけてもらひぬどこからかここにも虫の声がきこえて

ちろりからコップに酒をつぐ祖母の左の頰にある泣き黒子

虫の音に耳かたむけるさんにんのなかでは祖母がいちばん若い

## 硝子

ヘッドフォン耳につめたし篠懸《プラタナス》たちにきおくのもどる冬きて

肌の斑をさらすふゆの樹みがかれた硝子のやうに遠き日は顕つ

やはらかな芯で手早くぬりつぶすやうなひと日のをはり初雪

くろかみをかざる風花あはくなるとおもふ楽欲をほてらせながら

そのあとのねむりにおちるつかのまをくらき水面にうかぶ鳥たち

風にのる翼のかたさ、言はないでゐるこのこともいつか忘れる

榠樝の実買はずにかへる目にみえるものしか視えぬさむい真昼を

チェーンソーと斧といづれかえらべといふ。　こゑは冬木の膚の強《こは》さに

# IV

## 甕

甕、ならびゐるときと甕ひとつだけあるときとありふかい藍色

くれなゐにかさなる黄の葉（濡れてゐるせゐか）あなたの匂ひとおもふ

雨止みの森はあかるく死者たちのスマートフォンを積みあげる指

水鳥のはばたく音す充電をして生きかへる死者の液晶に

欲しいなら忘れればいい水のゆめみることもなし甕の睡りは

ぬくもりはかつてふれたるてのひらの記憶にあらず午後の葉漏れ陽

甕の膚にしづむこゑあり少女には物欲といふかはゆき微熱

イエネコの祖先は沙漠の猫といふヒトはいかなるものの祖先か

陽がさせばこの甕とても日時計となる木の実ふる庭は文字盤

## 暖炉

冬川は野によこたはりおたがひが対岸だつた日のあつたこと

きさらぎのひかりをかへす水鳥の胸に水面はひらかれながら

くべる手のしろかつたこと忍びこみ一夜をあかす暖炉のまへで

たをやかな鎖骨のあたり冬森のとほいしじまはわたしをさそふ

あさいねむりのなかで（ふたりだ）薪の膚をはしる火《ほ》の穂《ほ》のこゑきいてゐた

その胸の音叉にゆびでふれながらならさなかつた樹間のひかり

嘘だつていふのはほんとだつたのか交差する枝に冬芽はけむる

春泥の野をたどるべしTrumpが築くつていふ壁、見えるまで

言葉にしないことで伝へられることも、られないことも菜の花の雨

書庫のおもたい鉄扉にふれる蛹たちならぶ図鑑の頁をとぢて

梯子

試験管の口すれすれに吹く少女ちひさな風は音をうみだす

追ひつめられるゆめをみることがまだあつて筆柿の朱のぬれてゐる空

終電の窓よりみえる操車場もの云はぬ窓あまたかさなる

しまります、と云はれ扉が閉まるまでおしなべてそんな時間とおもふ

昔、越冬支援に来たことがある

屋上のプレハブで聞いた風の音とほくおもへり今宵、路頭に

恋人とかではないひとと火のなかにくづれる梢を視た日のほてり

傷口にして刃とはこの街をゆく風のことつめたく匂ふ

くらい壁に横たへられた梯子ありのぼつたひとはここにはゐない

公平さの象徴として拉麵屋にならぶ列あり紺のゆふぐれ

木木はふかく目瞑りをれば電飾にあをく灯されてゐることなど識らず

足跡はうすい埃をぬぐひつつかさなる雪の日のコンコース

ローソンのバックヤードでくちづけをおぼえる子供たちによろしく

初台

水底のやうなひかりのBallad of Sad Cafe《サッドカフェ》出でて地上をいそぐ新宿バスタ《バスタ》へ

夜行バスに身をよこたへて寝ねむとすタナトスはきみが飼ひし猫の名

初台を過ぎるあたりまで窓の外《と》をうかがふカーテンの隙間をあけて

エアコンの送風口の向きをかへまたかへてあさい睡りをつなぐ

誤爆されたバスが着くはずだつた町の夜明けをおもふあけの睡りに

# あとがき

『銀耳』、『花柄』に続く私の第三歌集である。二〇〇八年から二〇一八年までの作品のなかから二七五首を収め、制作順にとらはれずに編集した。

歌集の標題は、はじめ『連翹』とするつもりだつた。私は連作のタイトルを原則として連作内に使用されてゐる二字以内の語と決めてゐる。深い意味はないがタイトルの設定にかける時間を幾分かは節約できてゐるのではないかと思ふ。歌集標題もそのルールに準じてきたが、私は生涯に十冊も歌集を出すやうなタイプの作者ではないので、このあたりで変化をつけてみたくなつた。バックヤードといふ言葉には二つの意味がある。ひとつは、和製英語的な用法といふが、店舗や博物館などの施設で通常の利用客や来場者が立ち入らない場所のことである。もうひとつは、英語の原義である裏庭の意味だ。二つの意味と語感からこの語を選んで歌集の標題とした。

バイト先の、例へばコンビニのバックヤードのやうな場所は、子どもたちが家庭や学校とは違つた仕方で他者と出会ひ、教科書には記されてゐない世界の仕組みを学ぶ場所であつた。しかし昨今、子どもたちが家庭や学校以外で他者とはじめて出会ふ場所はＳＮＳにとつて替はられつつある。さうした変化は人間関係のあり方だけでなく、人の感情そのものを変容させるにちがひない。

　第二歌集以降ずいぶんと時間が過ぎてしまつたが、この間も短歌を通じて出会つた多くの方方から励まされ刺激を受けた。特に、所属結社の玲瓏、そして神楽岡歌会、現代歌人集会の先輩や仲間たちには心から感謝を申し上げる。このたびは出版の一切を書肆侃侃房の田島安江さんにお願ひし、カニエ・ナハさんにはお忙しいなかお心のこもつた帯文を頂戴した。また、齋藤芽生さんには作品の使用をお許しいただき、倉本修さんには装幀を手がけていただいた。記して感謝を申し上げる。

　東日本大震災後の十年で、目の前の世界は大きく変貌した。いちばん変はつたのはおそらく人間そのものである。詩歌は、そして私はどのやうに変はつてゆくのか、世界の裏庭のやうな場所に佇んで今少し見届けたいと思ふ。

二〇二〇年一二月二一日　冬至の朝に

# 初出一覧

Ⅰ

砂　短歌　二〇一四年六月号

目蓋　歌壇　二〇一二年二月号

井戸　詩客　二〇一三年三月二十三日号

軟水　短歌　二〇〇八年九月号

花槐　短歌　二〇一二年八月号

モネ　玲瓏　二〇一〇年第七十七号

白菜　かばん　二〇〇九年三月号

Ⅱ

主よ、　玲瓏　二〇一一年第七十九号

連翹　歌壇　二〇一三年五月号

万能　短歌　二〇〇八年一月号

木靴　歌壇　二〇〇九年四月号

定義　短歌　二〇一一年三月号

再生　玲瓏　二〇一一年第七十八号

玄奘　歌壇　二〇一四年六月号
数　玲瓏　二〇一四年第八十七号
直訳　玲瓏　二〇一四年第八十八号
斧　東京新聞　二〇一六年七月二十三日
柑橘　玲瓏　二〇一六年第九十三号

Ⅲ

刺蛾　玲瓏　二〇一五年第九十号
累卵　歌壇　二〇一七年八月号
黙読　短歌　二〇〇九年十一月号
路地と蒟蒻　マラソンリーディング２０１５　二〇一五年
硝子　未発表　二〇一〇年

Ⅳ

甕　玲瓏　二〇一五年第八十九号
暖炉　玲瓏　二〇一七年第九十四号
梯子　短歌　二〇一八年三月号
初台　うた新聞　二〇一七年六月号

## ■著者略歴


魚村晋太郎（うおむら・しんたろう）


一九六五年川崎市生まれ。京都市在住。
一九九〇年頃から詩の朗読やパフォーマンスを行う。
一九九六年、「玲瓏」に入会し塚本邦雄に師事。
二〇〇〇年、左岸の会に参加し岡井隆に親炙。
二〇〇三年、第一歌集『銀耳』（砂子屋書房）で現代歌人集会賞受賞。
第二歌集『花柄』（砂子屋書房）。


「現代歌人シリーズ」ホームページ　http://www.shintanka.com/gendai

現代歌人シリーズ32

# バックヤード

二〇二一年三月二十四日　第一刷発行

著　者　魚村晋太郎

発行者　田島安江

発行所　株式会社　書肆侃侃房（しょしかんかんぼう）


〒八一〇・〇〇四一
福岡市中央区大名二・八・十八・五〇一
TEL：〇九二・七三五・二八〇二
FAX：〇九二・七三五・二七九二
http://www.kankanbou.com　info@kankanbou.com


DTP　黒木留実

印刷・製本　アロー印刷株式会社



ISBN978-4-86385-452-9　C0092

現代歌人シリーズ

# 現代歌人シリーズ

四六判変形／並製

1. 海、悲歌、夏の雫など　千葉 聡　144ページ／本体 1,900 円＋税
2. 耳ふたひら　松村由利子　160ページ／本体 2,000 円＋税
3. 念力ろまん　笹 公人　176ページ／本体 2,100 円＋税
4. モーヴ色のあめふる　佐藤弓生　160ページ／本体 2,000 円＋税
5. ビットとデシベル　フラワーしげる　176ページ／本体 2,100 円＋税
6. 暮れてゆくバッハ　岡井 隆　176ページ（カラー16ページ）／本体 2,200 円＋税
7. 光のひび　駒田晶子　144ページ／本体 1,900 円＋税
8. 昼の夢の終わり　江戸 雪　160ページ／本体 2,000 円＋税
9. 忘却のための試論 Un essai pour l'oubli　吉田隼人　144ページ／本体 1,900 円＋税
10. かわいい海とかわいくない海 end.　瀬戸夏子　144ページ／本体 1,900 円＋税
11. 雨《ふ》る　渡辺松男　176ページ／本体 2,100 円＋税
12. きみを嫌いな奴はクズだよ　木下龍也　144ページ／本体 1,900 円＋税
13. 山椒魚が飛んだ日　光森裕樹　144ページ／本体 1,900 円＋税
14. 世界の終わり／始まり　倉阪鬼一郎　144ページ／本体 1,900 円＋税
15. 恋人不死身説　谷川電話　144ページ／本体 1,900 円＋税
16. 白猫倶楽部　紀野 恵　144ページ／本体 2,000 円＋税
17. 眠れる海　野口あや子　168ページ／本体 2,200 円＋税
18. 去年マリエンバートで　林 和清　144ページ／本体 1,900 円＋税
19. ナイトフライト　伊波真人　144ページ／本体 1,900 円＋税
20. はーはー姫が彼女の王子たちに出逢うまで　雪舟えま　160ページ／本体 2,000 円＋税
21. Confusion　加藤治郎　144ページ／本体 1,800 円＋税
22. カミーユ　大森静佳　144ページ／本体 2,000 円＋税
23. としごのおやこ　今橋 愛　176ページ／本体 2,100 円＋税
24. 遠くの敵や硝子を　服部真里子　176ページ／本体 2,100 円＋税
25. 世界樹の素描　吉岡太朗　144ページ／本体 1,900 円＋税
26. 石蓮花　吉川宏志　144ページ／本体 2,000 円＋税
27. たやすみなさい　岡野大嗣　144ページ／本体 2,000 円＋税
28. 禽眼圖　楠誓英　160ページ／本体 2,000 円＋税
29. リリカル・アンドロイド　荻原裕幸　144ページ／本体 2,000 円＋税
30. 自由　大口玲子　168ページ／本体 2,400 円＋税
31. ひかりの針がうたふ　黒瀬珂瀾　144ページ／本体 2,000 円＋税

以下続刊